LES AMOURS D'ÉTÉ,

DIVERTISSEMENT

En un Acte & en Vaudevilles,

Par MM. DE PIIS ET BARRÉ.

Représenté, pour la premiere fois, à la Muette, devant LEURS MAJESTÉS, le Jeudi 20 Septembre 1781, & à Paris, le Mardi 25 du même mois, par les Comédiens Italiens Ordinaires du Roi.

NOUVELLE ÉDITION.

A PARIS,

Chez CAILLEAU, Imprimeur - Libraire, rue Galande, N°. 64.

M. DCC. LXXXIV.

PERSONNAGES.

Le Pere FROMENT, Meûnier.

GUILLOT, Fils du Pere Froment.

Le Pere LA LIGNE, Pêcheur.

THÉRESE, Fille du Pere la Ligne.

NICAISE.

UN TAMBOUR.

DEUX PAYSANNES.

LE NOTAIRE du Village.

PAYSANS & PAYSANNES.

Le Théâtre repréfente à droite, en deçà de la riviere, la maifon du Pere la Ligne ; & à gauche, par-delà la riviere, le moulin du Pere Froment.

LES AMOURS
D'ÉTÉ,
DIVERTISSEMENT.

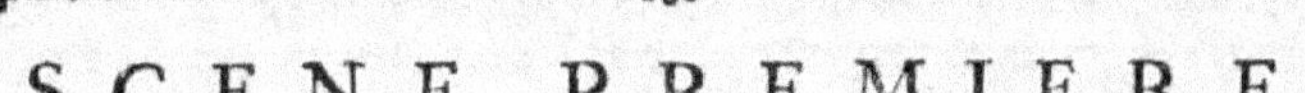

SCENE PREMIERE.

THERESE, *seule & occupée à laver au bord de la riviere.*

AIR: *Le mortel qui vous adore.*

AVEC les jeux dans le Village,
Quand le Printemps fut de retour,
Je méprisai le tendre hommage
De tous les Bergers d'alentour.
Mais l'Été me rend moins sauvage,
Et je me demande à mon tour,
Ce qui m'enflamme davantage,
De la saison ou de l'amour.

Tandis que je me mets en nage,
En travaillant dans ce séjour,
Mon cœur vole à l'autre rivage,
Chez Guillot qui me fait la cour....
Mais, ce qui m'ôte le courage,
C'est que sur le déclin du jour
Je vois la fin de mon ouvrage,
Sans voir la fin de mon amour.
(*Elle ramasse tout le linge dans son panier.*)
A porter dans un seul voyage,
Que ce panier me semble lourd !...
Du moins s'il passoit un nuage,
Le trajet sembleroit plus court.
Sous ces arbres du voisinage
Evitons la chaleur du jour ;
Mais hélas ! il n'est point d'ombrage
Qui mette à l'abri de l'amour.

A ij

AIR : *Mon petit cœur.*

Mon honneur dit que je ferois coupable
Si je cherchois Guillot dans cet endroit ;
Mais, mon cœur dit que je fuis excufable
Si c'eft Guillot qui d'abord m'apperçoit.
Sur ce gazon comme on eft à fon aife !
Puiffe Guillot tourner ici fes pas !
S'il étoit là, s'il étoit là, Thérefe !
Affurément tu ne dormirois pas.

Guillot ! Guillot ! que ce nom m'intéreffe !
Heureufement qu'on ne peut m'écouter ;
Car dans l'excès de ma vive tendreffe
Je me furprends à trop le répéter.
Si l'on favoit que Guillot put me plaire,
Tout le hameau me feroit endéver ;
N'en parlons pas, & pour plus de myftere,
Contentons-nous, s'il fe peut, d'en rêver.

SCENE II.

Le Pere FROMENT, GUILLOT, *fur la vanne du Moulin,*
& THERESE, *endormie de l'autre côté de la riviere.*

FROMENT.

AIR : *Tous les Bourgeois de Chartres.*

Mon fils, point de chicane,
Ceffons jufqu'à demain ;
Pour abaiffer la vanne
Viens me prêter la main.
C'eft la fête au Château ;
Je veux, ne t'en déplaife,
Que quand le Seigneur du hameau
Eft chanté par tous les jets d'eau,
Notre Moulin fe taife.

AIR : *Nous avons un clocher chez nous.*

Ce font les Meûniers de céans
Qui font tretous bien obligeans
Pour les Fillettes du Village ;
On les voit fans ceffe à l'ouvrage.
Tique, tique, taque eft le refrein
De leur cœur & de leur moulin.

Pour les faire lever matin,
Souvent le coq perd fon latin ;
Mais dès qu'une poulette chante,
Ils s'éveillent, l'ame contente ;
Tique, tique, taque eft le refrein
De leur cœur & de leur moulin.

Qu'une mere apporte fon grain,
Ils la r'mettront au lendemain ;

Mais fi foudain la fille y r'tourne,
Au même inftant la meule tourne ;
Tique, tique, taque eft le refrein
De leur cœur & de leur moulin.

Si queuq'fois un rival chagrin
Vient à fon tour, & fait du train,
Ils lui donnont fon fac bien vîte,
Et feuls près de la belle enfuite...
Tique, tique, taque eft le refrein
De leur cœur & de leur moulin.

GUILLOT.

AIR : *Magdeleine à bon droit paſſa.*

(*à part.*)
Eh ! mais c'eft elle que je vois !
(*haut.*)
A propos je fonge, mon pere,
Que vous vous gâterez la voix,
En chantant près de la riviere ;
Si c't'air a pour vous tant d'appas,
    Chantez plus bas,   *bis.*
Ou près de l'eau ne reftez pas.

FROMENT.

Pourquoi prends-tu tant d'embarras ?

GUILLOT, *fe mettant au-devant de Froment, pour l'empêcher*
de voir Thérefe.

Tenez, je fonge encor, mon pere,
Qu'après chacun de vos repas,
L'Été, vous dormez d'ordinaire ;
Il fait fi chaud, c'eft bien le cas,
    Ne tardez pas,   *bis.*
Et chez nous rentrez de ce pas.

FROMENT, *avec réflexion.*

AIR : *J'aime le mot pour rire.*

Non, je ne veux pas repofer....
Et je vais voir pour m'amufer,
    Les apprêts de la joûte.
En traverfant dans mon bateau,
Je ferai bientôt au Château.

GUILLOT.

    Le long de l'eau   *bis.*
    Suivez plutôt la route.

FROMENT.

Mais c'eft le plus long de beaucoup.....

GUILLOT, *pouſſant fon pere par le bras.*

Vous ferez mieux, encore un coup,
    D'aller par l'avenue ;
Car je craindrois, en vérité,
Que l'foleil dans tout'fa clarté

De ce côté　　　　　　　　　*bis.*
Ne vous troublât la vue.

FROMENT.

AIR: *Valet chez une Fermiere.*

Soit, mais toi , finis l'ouvrage,
Afin de vaquer ce soir,
En bon joûteur, à ton devoir.　　*(Il sort.)*

SCENE III.

GUILLOT, THERESE, *toujours endormie.*
GUILLOT, *descendant dans son bateau.*

IL est parti, bon voyage ;
Joignons-la sous ce feuillage ,
Et montrons-nous moins peureux.
J'en vois trop pour rester sage ,
Et trop peu pour être heureux.

AIR: *Du Vaudeville de la Rosiere.*

Passons l'eau , puis sur le gazon
Asseyons-nous tout auprès d'elle.
Ah ! je sens trop que la saison
Redouble sa chaleur cruelle.
Zéphir , rafraîchis ses appas,
Mais pourtant ne l'éveille pas.

(Tout en passant la riviere.)

Pour comble d'un bonheur parfait,
Encor' tandis qu'elle repose ,
Si dans les rêves qu'elle fait ,
Guillot étoit pour quelque chose!
Zéphir dis-lui cela tout bas ;
Mais pourtant ne l'éveille pas.

AIR: *Vous me grondez d'un ton sévere.*

Ce cher objet sommeille encore !
Approchons pour voir de plus près.
Quel charme ajoute à ses attraits ,
Le feu dont son teint se colore !　　*bis.*
A l'admirer bornons nos vœux ;
Amour, Amour , c'est tout ce que je veux.

(Il met pied à terre.)

Ah! si j'osois dans mon ivresse,
Sans l'empêcher de reposer,
Sur sa main cueillir un baiser !
Quel beau moment pour ma tendresse!
A ce larcin bornons nos vœux ,
Amour, Amour, c'est tout ce que je veux.

(Il lui baise la main.)

Sans l'éveiller si je l'embrasse,
Pour cette fois je fais serment

De porter chez elle à l'inſtant
Ce panier dont ſon bras ſe laſſe.
A ce larcin, &c.
(*Il l'embraſſe.*)
Quel doux tranſport! tout me proſpere;
Mais fuyons vîte, & pour raiſon,
Car auſſi près de la maiſon
Peut-être ai-je été vu du pere.
THERESE, *tournant la tête.*
Et mon panier qui reſte-là,
Guillot! Guillot! qui me le portera?
GUILLOT, *revenant ſur ſes pas.*
AIR: *Jardinier ne vois-tu pas?*
Si j'ai fui, c'eſt que j'ai cru
T'emporter d'un air leſte,
Ce baiſer à ton inſu;
Mais, puiſque tu l'as reçu,
Je reſte, je reſte, je reſte.

SCENE IV.

LES PRÉCÉDENS, Le Pere LA LIGNE.
Le Pere LA LIGNE, *ſon filet ſur l'épaule.*
AIR: *Pour un maudit péché.*
ÇA dis-moi ſans détour,
Guillot, pour quelle affaire
Je te vois chaque jour
Roder dans ce ſéiour.
GUILLOT, *faiſant beaucoup de révérences.*
Papa, la choſe eſt claire;
J'y viens faire à mon tour
Ce qu'il nous faut tous faire....
L'amour.
LA LIGNE.
C'eſt parler ſans détour,
Et ma fille eſt ta femme,
Si ton pere en ce jour
Y conſent à ſon tour;
Mais pour peu qu'il te blâme,
Il faudra ſans retour
Déloger de ton ame
L'amour.
GUILLOT.
AIR: *Une jeune fillette.*
Il ſuffit qu'ça me plaiſe,
Pour qu'il en paſſ' par-là.
Mon per' ſera bien aiſe
D'un' bell' fill' comme celle là, la, la;
J'n'aurons aucun micmac,

Et crac ,
J'épouferai Thérefe.
Elle eft , je le fais bien ,
Sans bien ;
Mais ce n'eft rien ,
J's'is au travail enclin ,
Et quand on fe convient ,
L'eau vient
Tôt ou tard au moulin.

LA LIGNE.

C't'efpérance eft fort belle ,
Mais j'veux pêcher.

GUILLOT.

Oui-dà !
Eh bien , dans ma nacelle ,
Papa , mettez-vous là ;
(*à Thérefe.*)
Vous , là.
Montez fans nul micmac ,
Et crac ,
(*Ils entrent tous trois dans le bateau de Guillot.*)
J'vous aiderai près d'elle.
Tenez votre filet
Tout prêt ;
Car en fuivant le long
De la maifon ,
Je crois que le canton
Eft bon
Pour prendre du goujon.

LA LIGNE, *entr'eux deux.*

AIR *Languedocien.*

Eh bien , que l'on fe dépêche
De joindre fon zele au mien.

GUILLOT & THERESE.

Que nous ferons bonne pêche ,
Si nous nous entendons bien !

LA LIGNE.

Avant tout , il eft très-néceffaire
Dans ce cas de troubler la riviere.

GUILLOT, *regardant Therefe.*

Ah ! laiffez moi feul m'en mêler ,
Je me charge de la troubler.

LA LIGNE , *à Thérefe.*

Toi , n'épargnes pas l'amorce ,
(*Thérefe jette de l'amorce dans la riviere*)
(*à Guillot.*)
Et toi , retiens ma leçon ;
Il faut plus d'art que de force
Pour attraper le poiffon.

De

De la main que l'on tient en arriere
L'épervier part de cette maniere.
(*Il jette l'épervier.*)
GUILLOT, *souriant à Thérese.*
Ah *!* je conçois & déformais
Je faurai jeter mes filets.
LA LIGNE, *se retournant.*
Les fuccès de l'entreprife
Sont fouvent fort incertains.
GUILLOT, *donnant la main par derriere à Thérese.*
Mais pour ne point lâcher prife ,
On n'a pas trop de deux mains.
LA LIGNE.
Nous n'avons rien perdu pour attendre ,
Un brochet vient ; je crois, de s'y prendre.
(*Il se retourne au moment que Thérese & Guillot alloient s'em-*
braffer, & tire en même temps fon filet à vide.)
GUILLOT.
Je l'avois auffi remarqué ;
Mais, ma foi, le voilà manqué.
LA LIGNE, *rejetant fon filet.*
AIR : *Du Port-Mahon.*
Loin de quitter la chance ,
Guillot, Guillot, fi je recommence ,
C'eft qu'avec patience ,
Il faut aller en tout
Jufqu'au bout.   *ter.*
GUILLOT, *s'approchant de Thérese derriere la Ligne.*
J'efpere cette fois ;
Car bien qu'en tapinois
Ce gros brochet balance ,
Je vois, je vois, je vois qu'il avance.
Malgré fa méfiance
C'eft autant de furpris.
(*Il embraffe Thérese , & la Ligne tire fon filet, où il fe trouve*
un brochet.)
TOUS TROIS.
Il eft pris , il eft pris , il eft pris.

SCENE V.

LES PRÉCÉDENS, le Pere FROMENT.
FROMENT, *fans les voir.*

AIR : *Où le mettrons-nous , ma Commere ?*

A La joûte, prête à fe faire ,
Conduifons mon fils pour fon bien.
Eh ! mais, ce bateau, c'eft le mien ,

B

Je n'y conçois rien,
Je n'y comprends rien.

GUILLOT, *patelinant.*

C'est que j'ai passé l'eau, mon pere.

FROMENT.

Que faites-vous ici, vaurien ?

LA LIGNE, *à Froment.*

C'est que ma fille a su lui plaire.
Comme vous je n'en savois rien :
Il n'attend plus que le moyen,
Vous m'entendez bien,
Vous me comprenez bien,
De contracter chez un Notaire,
Avec elle un tendre lien.

FROMENT.

AIR : *Mon pere étoit pot.*

Y pensez-vous donc mûrement?
Mais quelle extravagance !
Quoi je souffrirois décemmens
Cette mésalliance !
Je vous avouerai
Que même à mon gré,
Thérese est fort gentille ;
Mais mon fils Guillot
Est un trop bon lot,
Pour être à cette fille.

AIR : *De tous les Capucins du monde.*

Qui dit Pêcheur, dit pauvre here.
Nuit & jour près de la riviere,
Un Pêcheur seul avec l'ennui,
Attend que le poisson lui vienne
Pour couvrir la table d'autrui,
Et n'a jamais rien sur la sienne.

LA LIGNE.

AIR : *Ah! Maman, que je l'ai échappé belle.*

Contre nous c'est en vain que l'on fronde,
Sur l'art du Pêcheur sachez qu'on se regle en ce monde ;
L'avocat de science profonde,
Lui doit ses secrets
Pour prendre un Juge dans ses rêts.
Le traitant qui de peines redouble,
Afin d'augmenter, sous peu, ses finances du double,
Lui doit l'art de pêcher en eau trouble ;
L'avide marchand,
Celui d'amorcer son chaland :
Et l'Abbé qui veut être de marque,
Prend de ses leçons pour savoir bien mener sa barque.
Bref, d'après mainte & mainte remarque,
On ne peut nier

Qu'un Pêcheur ne vaille un Meûnier.

FROMENT.

AIR : *Quel état douloureux !*

Quel état près du mien !
Si j'ai bonne mémoire,
J'ai lu, lorsque j'y voyois bien,
Que chez un Meûnier de Lieursain,
Notre bon Roi HENRI descendoit de sa gloire
Chez ce Meûnier, nous dit l'Histoire ;
Il daigna chanter plus d'un joyeux refrain,
Et boire, & boire, & boire
De son vin.

THERESE & GUILLOT, *à leur pere.*

AIR : *N'allez point au bois seulette.*

Ah ! cessez, cessez, mon pere,
De disputer en ce jour :
L'amour propre doit se taire,
Pour laisser parler l'Amour.

THERESE, *à la Ligne.*

Si Thérese vous est chere,
Près de lui secourez-nous.

GUILLOT.

Que ferois-je sur la terre
Si je n'étois son époux !

GUILLOT & THERESE.	FROMENT.	LA LIGNE.
Ah ! cessez, cessez, mon pere,	Non, Guillot, je suis ton pere,	Comme moi soyez bon pere,
De disputer en ce jour ;	Et je t'éclaire en ce jour.	Et vous verrez quelque jour,
L'amour-propre doit se taire,	Tu feras mieux de te taire,	Que les états d'ordinaire
Pour laisser parler l'Amour.	Et d'oublier ton Amour.	Sont rapprochés par l'Amour.

SCENE VI.

LES PRÉCÉDENS, NICAISE.

NICAISE.

AIR : *Voici les Dragons qui viennent.*

Voici les Tambours qui viennent
Pour vous avertir.

FROMENT, *à son fils.*

Loin que ses pleurs te retiennent,
Des habits qui te conviennent
Viens çà te vêtir.

(*Ils repassent l'eau ensemble.*)

SCENE VII.

LA LIGNE, THERESE, NICAISE, UN TAMBOUR, PAYSANS & PAYSANNES.

LE TAMBOUR.

Air : R'lan, tamplan, tire lire.

C'Tila qu'eſt Maître céans
En plein plan, r'lan tamplan,
　Tire li , ramplan,
　Fait dire à ſes Habitans,
Queuqu' choſ' qui doit leur plaire.

NICAISE.

Queuqu' choſ' qui doit leur plaire.

LE TAMBOUR.

　C'eſt que ſur la riviere
Y aura pour les bons enfans,
En plein plan, r'lan tamplan,
　Tire li , ramplan,
Y aura pour les bons enfans,
　Joûte extraordinaire.

NICAISE.

Joûte extraordinaire !

LE TAMBOUR.

Par ainſi chaque Bergere
Doit entourer de rubans
En plein plan , r'lan tamplan
　Tire li , ramplan ,
Les armes dont leurs Amans
　F'ront c'te petite guerre.

(Ici les Filles attachent des guirlandes
aux lances des joûteurs.)

LE TAMBOUR.

　Faut ſavoir la magniere
　D'pouſſer ſon adverſaire ,
Sans quoi l'on tombe dedans
En plein plan , r'lan tamplan
　Tire li , ramplan.

NICAISE.

Sans quoi l'on tombe dedans !
　Ça n'eſt pas ſalutaire.

LE TAMBOUR.

　Le vainqueur au contraire ,
　Aura la gloire entiere ,
Avec ſix cens frans comptant,
En plein plan , r'lan tamplan ,
　Tire li , ramplan.

NICAISE.

Avec ſix cens francs comptant !
　Ça n'laiſſe pas que d'ben faire.

UNE PAYSANNE.

Ah ! si c'étoit Grand'Pierre !
Qu'en penses-tu, ma chere ?

Une autre PAYSANNE.

Ah ! si c'étoit Gros-Jean !

LE TAMBOUR.

R'li, r'lan, r'lan tamplan,
Tire li, ramplan,
Attendez l'événement ;
C'est encore un mystere.

NICAISE & PAYSANS, *s'en allant.*

Attendons l'événement,
C'est encore un mystere.

*(Le pere Froment rentre dans sa maison ; Guillot, qui est de
l'autre côté de l'eau, fait signe à Thérese de rester.)*

SCENE VIII.

GUILLOT, THERESE.

GUILLOT.

Air : *Rondeau de l'Amant Statue.*

Reste encore un moment,
C'est ton amant qui t'appelle ;
Reste encore un moment,
Ce moment sera charmant.
Un couple bien fidele,
Qu'on sépare inhumainement,
Doit être en sentinelle,
Pour se réunir promptement.

GUILLOT.	THERESE.
Reste encore un moment,	Rester un seul moment,
C'est ton Amant qui t'ap-pelle :	Quand on craint qu'un pere appelle :
Reste encore un moment,	Rester un seul moment,
Ce moment sera charmant.	Cher Amant, c'est un tourment.

GUILLOT, *montrant sa lance à Thérese.*

Air : *Mon cœur charmé de sa chaîne.*

Ceci demande, ma Belle,
Un ruban que t'ay's porté.

THERESE.

Moi je veux la fleur nouvelle
Qui languit à ton côté :
Mais quand ces flots nous éloignent,
En vain tu me tends les bras.

ENSEMBLE.

Hélas ! hélas !

THERESE.

Guillot, si nos cœurs se joignent,
Nos mains ne se touchent pas.

GUILLOT.

En attendant que mon pere,
Pour la joûte soit tout prêt,
Qu'aisément nous pouvons faire
Cet échange qui nous plaît !
Attachons contre une pierre,
Toi le ruban , & moi l'bouquet ;
　　　C'est fait.

THERESE.

C'est fait.

GUILLOT.

Maintenant sur la riviere,
Lançons-les tous d'un trait.
(*Avec réflexion , & en se retenant pour baiser , l'un sa rose ,*
l'autre son ruban.)
Un moment , que j'y dépose
Ce doux gage de ma foi.

THERESE.

Un moment, la même chose
Exige un délai de moi.
Çà , Guillot , qu'on se dispose
A le jeter comme moi.
　　　A toi.

GUILLOT.

A toi.

ENSEMBLE.

A toi, à moi.

GUILLOT.

Prends un baiser dans ma rose.

THERESE.

L'ruban en cache un pour toi.

SCENE IX.

LES PRÉCÉDENS, FROMENT & LA LIGNE.
FROMENT.

AIR : *Non , je ne ferai pas ce qu'on veut que je fasse.*

ENcore ici, morbleu ! partons , ne t'en déplaise ;
Holà , eh ! mon voisin, renfermez donc Therese,
Je vous le dis encor, pour la derniere fois ;
Ou vous pourrez un jour vous en mordre les doigts.
(*Il emmene son fils , & attache son bateau avec un cadenat.*)

SCENE X.

LA LIGNE & THERESE.
LA LIGNE.

AIR : *Si je te caresse aujourd'hui.*

Quoi bon ces pleurs superflus !
Ce n'est pas être sage ;

Guillot s'en va, n'y penſe plus,
    Et montre du courage ;
D'un Berger à t'aimer trop prompt,
    Si l'on t'ôte l'hommage,
J'en connois cent qui te prendront
    A ſa place en ménage.

THERESE.

Air : *On ne peut aimer qu'une fois.*

Ah ! mon pere, pour mon repos,
    Ceſſez, ceſſez, de grace ;
La cruauté de ces propos
    Seroit-elle à ſa place ?
Mon cœur ne peut que s'alarmer
    D'un ſemblable ſyſtême ;
Si cent Bergers peuvent m'aimer,
    Il n'en eſt qu'un que j'aime.   *bis.*

LA LIGNE.

Air : *de Joconde.*

Au lieu de me contrarier,
    Écoute-moi, ma fille :
Je veux croire que ce Meûnier
    Te trouve aſſez gentille,
Mais je parierois, au ſurplus,
    Qu'en te prenant pour femme,
Il voudroit avoir des écus,
    Pour mieux nourrir ſa flamme.

THERESE.

Air : *J'avois à peine dix-ſept ans.*

Guillot a des yeux complaiſans
    Pour la pauvre Théreſe ;
Pourvu qu'il compte mes quinze ans,
    Il ſe trouve à ſon aiſe.
Votre fille n'a point de dot,
    Et la choſe eſt commune ;
Mais ſa tendreſſe eſt pour Guillot
    Une bonne fortune.   *bis.*

(*On entend dans le lointain des cris des Joûteurs, Théreſe vole au bord de la riviere avec inquiétude.*)

LA LIGNE, *ramenant Théreſe au bord de la Scene.*

Air : *Nous jouiſſons dans nos hameaux.*

Théreſe, pourquoi m'exciter.
    A prendre un ton ſévere ?
Pourquoi me contraindre à quitter
    Le langage d'un pere ?
De pleurer Guillot un moment,
    Ici je te pardonne ;
Mais de choiſir un autre Amant,
    A la fin je t'ordonne.

THERESE.

AIR : *Si-tôt que j'apperçois Jeannot.*

Ainsi donc, loin d'acquiescer
Au feu qui me dévore,
Vous m'ordonnez de remplacer
Le Berger que j'adore ;
Je chercherai dès aujourd'hui,
Puisque c'est votre envie ;
Mais pour trouver pareil à lui,
Il faut toute ma vie.   *bis.*

LA LIGNE.

AIR : *Comme v'là qu'est fait !*

Tiens, mon cher enfant, je me doute,
A ta réponse hors de saison,
Que ton cœur tourné vers la joûte,
A peine à suivre la raison.

THERESE.

Mais justement voici Nicaise.

SCENE XI.

LES PRÉCÉDENS, NICAISE.

NICAISE.

Oui-da, c'est moi-même en effet ;
Si je reviens, belle Thérese,
C'est qu'on m'a donné mon paquet.

ENSEMBLE.

Comme il est fait !

NICAISE.

Comm' me v'là fait !

AIR : *Je suis joyeux, je suis toujours gaillard.*

En quatre mots je vais vous conter ça.
Le long de l'eau, de-là, de-çà,
L'abord on s'amassa ;
Avec des Dam' sans pareilles,
Pour leurs couleurs bien vermeilles,
Le Seigneur passa.
Au pavillon qu'alors on retroussa,
En nous saluant comm'ça,
Bientôt il s'avança,
Et dans l'instant qu'il s'y plaça,
Le signal commença.

Sans plus tarder, par l'intérêt mené,
Guillot d'un air déterminé,
Sur l'eau s'est promené ;
Quand j'ai vu qu'il faisoit montre
De valeur, à sa rencontre,
Je me suis tourné ;

Les six cens francs ne m'ont point entraîné;
Mais quand on est bien né,
On se sent gouverné
Par un desir désordonné
De se voir couronné.

Adroitement , Guillot m'ajuste ici.
    (*Il indique son épaule.*)
Au lieu d'en paroître transi,
Moi , je me baisse ainsi ,
De maniere que sa lance ,
Sur ma tête se balance ,
A son grand souci,
Et que le bout de celle que voici,
Pour vous dire ceci
Le plus en raccourci,
Entre ses jambes , Dieu merci,
Librement passe aussi.

Lors, Monseigneur cria de loin, *bravo;*
Guillot & moi d'un coup nouveau,
Je nous poussons au niveau,
Mais il a ça d'bon , l'brave homme,
Que quand il touche, il assomme;
C'est pis qu'un taureau;
Il tapoit tant qu'on eût dit d'un marteau;
Si bien que moi j'eus beau
Rester comme un poteau;
La peur fit r'culer mon bateau,
Et je tombai dans l'eau.

Jamais là-d'ssus je n'me fus soutenu;
Mais d'un coup de croc bien chenu,
Guillot m'a soutenu;
Au même instant la cohue
Me tire à terre, & l'on hue
Mon air ingénu :
Ah! si jamais de ce jeu saugrenu,
L'usage continu
Est ici maintenu ,
Ma fi, c'est un point convenu,
J'en suis tout revenu.
LA LIGNE.
AIR : *En revenant de la ville.*
De Guillot & de sa gloire,
C'est assez nous babiller.
NICAISE.
Pour vous finir mon histoire,
Je m'en vais me r'habiller.

LA LIGNE.

Quant à nous , rentrons , mignonne ,
Car je crains que le vainqueur
Ne r'vienne avec sa couronne ,
A l'attaque de ton cœur.

(On apperçoit depuis quelque temps Guillot de l'autre côté de la riviere ; Thérese lui fait signe , avant de rentrer , qu'elle l'apperçoit.)

SCENE XII.
GUILLOT , *seul.*

AIR : *Du Menuet d'Exaudet.*

DEvançons
Les Chanfons
Du Village ;
Du prix que j'ai remporté ,
Courons à la Beauté
Faire à l'inftant l'hommage.
Ce bateau ,
Au poteau ,
Tient , je gage ;
Eh vîte ! au lieu d'y fonger ,
Vers elle il faut nager ,
Courage.
(On entend un coup de tonnerre fort éloigné.)
Mais quel horrible tapage !
Surviendroit-il un orage ?
Dans ce jour ,
De l'amour
Qui m'engage ,
Grands dieux ! feriez-vous jaloux ?
Ce feroit entre nous ,
Dommage.

Retardez ,
Sufpendez
Votre rage ,
En faveur d'un tendre Amant ,
Rien que pour un moment ,
Écartez ce nuage.
Protégez ,
Ménagez
Mon paffage ;
Quitte à m'fai' faire en r'venant ,
Si ça vous eft av'nant ,
Naufrage.

SCENE XIII.

GUILLOT, *au milieu de l'eau*; THERESE *sur le balcon de la fenêtre avancée sur la riviere.*

THERESE.

AIR: *Un Cordelier dit à Lisette.*

Dans ton ardeur trop indiscrette,
Pauvre Guillot, tu perds tes pas,
Car mon pere dans ma chambrette,
Vient de me renfermer, hélas !
    Et s'il me guette,
    Tu ne pourras
Chez nous te glisser en cachette.

GUILLOT.

Faut me l'promettre, ou je m'en vas.

THERESE.

Nage toujours, mais n'ti fie pas.

GUILLOT.

Gageons que de ton esclavage,
Si tu veux bien, tu sortiras ;
Pour peu que la nuit t'encourage,
En tapinois tu me joindras
    Sur le rivage.
    Comme tout bas,
Nous parlerons de mariage !
Faut me l'promettre ou je m'en vas.

THERESE.

Nage toujours, mais n'ti fie pas.

GUILLOT.

C'est en vain que ton pere veille,
Plus fin que lui l'endormira ;
Une voix me dit à l'oreille,
Aide-toi, l'Amour t'aidera.
    S'il te conseille,
    Ton cœur aura
Sans doute, une audace pareille ;
Faut me l'promettre, ou je m'en vas.

THERESE.

Nage toujours, mais n'ti fie pas.

GUILLOT, *au-dessous de la fenêtre.*

AIR: *Vous autres, jeunes fillettes.*

Eh mais ! ce siau, ma mignonne,
Me fournit un bon moyen,
Pour peu que je me cramponne,
Le long de ces barreaux.

THERESE.

       Hein ?

GUILLOT.

J'garantis fur ma foi,
Qu' j'arriv'rai tout près de toi.
(*Guillot n'a qu'un pied dans le fceau que Thérefe tire ; mais il s'aide avec les mains le long des piquets qui joignent la maifon.*)

THÉRÈSE.

Cher Guillot, le fardeau pefe.

GUILLOT.

Encor un bon coup de main.

SCENE XIV.

LES PRÉCÉDENS, LA LIGNE, *en dedans.*

LA LIGNE.

Que fais-tu donc-là, Thérefe ?

THERESE, *effrayée.*

Ah! je tire un feau d'eau.

LA LIGNE.

     Hein ?
Mais, pour qui ? Mais pourquoi ?
N'en tire jamais fans moi.

GUILLOT, *toujours dans le fceau.*

Grands Dieux ! quelle voix févere
Vient m'arrêter en chemin ?

THERESE.

Tenez, de grace, mon pere,
N'allez pas le lâcher...

LA LIGNE.

     Hein ?
Lâcher qui ? Lâcher quoi ?
J'ai plus de force que toi.

(*Thérefe effrayée, laiffe la corde entre les mains de la Ligne, qui acheve de grimper Guillot, malgré lui, à la hauteur du balcon.*)

SCENE XV.

LES PRÉCÉDENS, le Pere FROMENT.

AIR : *Jufte ciel ! je découvre.*

Fier du prix de la joûte,
Je parierois qu'il a
Tourné par cette route ;
Et parbleu le voilà.

LA LIGNE.	THERESE & GUILLOT.	FROMENT.
Oh! oh! oh! ah! ah! ah!	Oh! oh! oh! ah! ah! ah!	Oh! oh! oh! ah! ah ah!
Comment, coquin te voilà là!	Qu'eft-ce qui m'en arrivera?	Le bon pere que celui-là!

GUILLOT.

AIR : *Oh ! Ricandaine, Ricandon.*

Hélas ! m'y ferois-je attendu !

En l'air, je reste confondu !
Si l'on s'étoit bien entendu,
Chez vous je me serois rendu.
Par la porte.
Mais tout n'est pas encor perdu,
Je suis toujours son prétendu ;
Car pour l'amour assidu
Que je lui porte,
A mon cœur éperdu,
Le sien est dû.

LA LIGNE. GUILLOT & THERESE. FROMENT.
AIR : *Vive Henri Quatre.* (de l'ouverture du Magnifique.)

Ah ! téméraire :	Point de colere,	Dans sa colere,
C'est par trop m'outra-	Daignez vous arranger.	S'il alloit se venger !
ger !	Dans la riviere,	Dans la riviere,
Dans la riviere,	Dussiez-vous me plonger,	S'il alloit le plonger !
Je m'en vais te plonger,	Rien ne peut, mon pere,	Moi, je suis bon pere,
A moins que ton pere	Me contraindre à chan-	J'aime mieux m'arran-
Ne veuille s'arranger.	ger.	ger.

SCENE DERNIERE.

LES PRÉCÉDENS, LE TAMBOUR, un NOTAIRE,
PAYSANS & PAYSANNES.

(*Ils arrivent tous sur les bateaux de la joûte, décorés & illumi-
nés pour la Fête.*)

LE TAMBOUR, *appercevant Guillot.*

AIR : *R'li, r'lan tamplan.*

Pourquoi donc laisser les gens
En plein plan,
R'lan tamplan, tire li ramplan ?

LE NOTAIRE, *une bourse à la main.*

On vous a cherché long-temps,
Et par mer & par terre.

GUILLOT, *avec humeur.*

Quand une peine amere
Va finir ma carriere,
Je renonce aux six cens francs,
En plein plan,
R'lan tamplan, tire li ramplan ;
Mais c'est elle en ces momens,
Que je fais mon héritiere.

(*Le Notaire va pour serrer la bourse dans sa poche, mais Guillot la prend & la donne à Thérese.*)

LE CHOEUR.

Comment, son héritiere !

LA LIGNE, *avec attendrissement.*

Va, si j'étois ton pere,
J'appaiserois tes tourmens,
En plein plan,
R'lan tamplan, tire li ramplan.

Mais pour que je foyons parens ,
Il a l'ame trop fiere.
(Il montre du doigt le Pere Froment.)
Le Pere FROMENT , *après quelques minutes de réflexion.*
Ouf ! la tendreffe opere....
Embraffons-nous , compere....
Embraffez-vous mes enfans ,
En plein plan ,
R'lam tamplan , tire li ramplan ;
V'là l'Tabellion de céans ,
Qui finira l'affaire.

LE NOTAIRE.

De l'acte néceffaire ,
J'ai le moule ordinaire ;
Et j'en remplirai les blancs ,
En plein plan ,
R'lan tamplan , tire li , ramplan :
Signez tous felon vos rangs ,
Dans la forme ordinaire.

PAYSANS & PAYSANN.	GUILLOT.	THÉRESE.
Signons tous felon nos rangs , Dans la forme ordinaire	Que ces momens font charmans ! Ah ! Thérefe ! Ah , mon pere !	Que ces momens font charmans ? Ah , Guillot ! Ah , mon pere !

(Tandis que tout le monde eft occupé à figner , Nicaife , refté feul fur le bord de la Scene , s'amufe à fixer la Lune.)

NICAISE.

Com' la foirée eft claire !
C'eft un figne profpere,
Oh ! comme la Lune eft dans
fon plein plan ,
R'lan tamplan , tire li ramplan !
Y a ben des noc' d'honnêt' gens,　　}
Qu'autrement elle éclaire.　　　　} *bis en Chœur.*

VAUDEVILLE.

AIRS *Languedociens.*

LE NOTAIRE.

SI le cœur vous en difoit,
Parmi vous , les jeunes filles ,
Si le cœur vous en difoit ,
Voilà le Notaire prêt,
Il prendroit
Grand intérêt
A rapprocher les familles.
Si l'amour vous échauffoit ,
En raifon du temps qu'il fait ,
Car dans l'automne ,

A Bacchus
Les jours font dus,
L'Hiver, les jours
Sont trop courts
Pour les Amours ;
Ils font trop inconftans
Quand c'eft le Printemps
Qui donne.

Ainfi, tout bien compté, } *bis en*
Mariez-vous l'Eté. } *Chœur.*

UNE PAYSANNE.

Épouferas-tu Gros-Jean ?

Une autre PAYSANNE.

Épouferas-tu Grand-Pierre ?

UNE PAYSANNE.

Dam'! v'là Grand-Pierre fans argent.

Une autre PAYSANNE.

Dam' ! c'eft tout un de Gros-Jean.

UNE PAYSANNE.

Ma fin' à tout événement,
J' l'pous' parc' que c'eft Grand-Pierre...

Une autre PAYSANNE.

Ma fin' à tout événement,
J' l'pous' parc' que c'eft Gros-Jean.

LA LIGNE.

V'là c' qu'il falloit,
Tout fin dret,
V'là c' qu'il falloit
Pour me prouver qu' dans c't endroit
L'amour fe plaît.
D'un feul coup de filet,
Tout le long de la riviere,
Ici, tout bien compté, } *bis en*
V'là donc trois noc's d'Été. } *Chœur.*

FROMENT.

Au bruit fourd
De ce tambour
Que le flageolet réveille,
Au bruit fourd
De ce tambour
Voguons fur l'eau jufqu'au Bourg.
(*à Guillot.*)
Sois docile au tendre amour.
Il va te dire à l'oreille
Qu'il te faut dans ce féjour
Doubler de rame en ce jour.

*(Tout le monde entre dans les bateaux de la joûte, à l'exception
de Nicaife.)*

NICAISE.

Sur ces bateaux,
Pauvres sots,
Bravez les flots.
Je vais tâcher
De marcher
Pour me coucher.
La terre est un plancher,
Qui me convient à merveille,
Et j'veux, tout bien compté,
Vivre plus d'un Été.

LE CHOEUR.

Il veut, tout bien compté,
Vivre plus d'un Été.

GUILLOT, *au Public.*

Messieurs, voici le moment
Où l'amour-propre soupire,
Tant il craint secrétement
D'être jugé gravement.
Livrez-vous à l'enjoûment
Que le Vaudeville inspire ;
Et chacun assurément
S'en retournera gaîment.

THERESE, *au Public.*

Si ces tableaux
Sur les eaux
Semblent nouveaux ;
Si nous varions
Les chansons
Que nous plaçons ;
Enfin, si trois Saisons
Vous ont dejà fait sourire,
Point de sévérité
Pour les Amours d'Été.

On reprend en Chœur ce dernier Couplet, & la toile ba
l'instant où les bateaux semblent prêts à s'éloigner.)

F I N.

RED. :

17

MIRE ISO N° 1

NF Z 43-007

AFNOR

Cedex 7 - 92080 PARIS-LA-DÉFENSE

3.79.89.70

graphicom

0 1 2 3 4 5 6 7 8 9 10